Hôtel Drouot

Collection de M. Landais

Tableaux modernes

Antigonos

Hôtel Drouot

Collection de M. Landais

Tableaux modernes

Réimpression inchangée de l'édition originale de 1874.

1ère édition 2024 | ISBN: 978-3-38666-339-7

Antigonos Verlag est une marque de Outlook Verlagsgesellschaft mbH.

Verlag (Éditeur): Outlook Verlag GmbH, Zeilweg 44, 60439 Frankfurt, Deutschland
Vertretungsberechtigt (Représentant autorisé): E. Roepke, Zeilweg 44, 60439 Frankfurt, Deutschland
Druck (Imprimerie): Libri Plureos GmbH, Friedensallee 273, 22763 Hamburg, Deutschland

Vente du Lundi 2 Mars 1874

SALLE Nº I

COLLECTION

DE

M. LANDAIS

TABLEAUX MODERNES

EXPOSITIONS :

PARTICULIÈRE : LE SAMEDI 28 FÉVRIER 1874.

PUBLIQUE : LE DIMANCHE 1ᵉʳ MARS 1874.

De une heure à cinq heures.

Mᵉ CHARLES PILLET,

COMMISSAIRE-PRISEUR,

10, rue de la Grange - Batelière.

M. DURAND-RUEL,

EXPERT,

16, rue Laffitte.

1874

CATALOGUE

DE

TABLEAUX MODERNES

Provenant de la Collection

DE

M. LANDAIS

DONT LA VENTE AURA LIEU

HOTEL DROUOT, SALLE N° 1.

Le Lundi 2 Mars 1874,

A TROIS HEURES.

Par le ministère de Mᵉ CHARLES PILLET, commissaire-priseur,
rue de la Grange-Batelière, 10,

Assisté de M. DURAND-RUEL, Expert, 16, rue Laffitte,

Chez lesquels se trouve le présent Catalogue.

EXPOSITIONS { *PARTICULIÈRE :* Le Samedi 28 Février 1874.
PUBLIQUE : Le Dimanche 1ᵉʳ Mars 1874.
DE UNE HEURE A CINQ HEURES.

CONDITIONS DE LA VENTE

Elle sera faite expressément au comptant.

Les acquéreurs payeront *cinq pour cent* en sus du prix d'adjudication.

Paris. Typ. Pillet fils aîné 5, rue des Grands-Augustins.

Dans la petite collection que nous présentons aujour-
d'hui au public, il y a trois noms qui s'imposent.— Nous ne
parlons pas du nom de Decamps qui ne figure ici que pour
une étude à la sépia. Elle porte, il est vrai, la magistrale
empreinte du maître ; mais elle n'a, dans l'œuvre de Decamps, que l'intérêt d'une belle étude. — Les trois noms
qui dominent dans cette réunion de peintures modernes
sont ceux de Diaz, Troyon et Ch. Jacque.

C'est une rare fortune de rencontrer, parmi un si petit
nombre de tableaux, quatre Diaz d'une telle qualité et, parmi
eux, une œuvre capitale de l'importance de la *Source*. Nous
ne nous attacherons pas à la décrire à cette place ; nous
avons préféré consacrer une rapide notice à chacun des nu-
méros de notre catalogue. Mais il nous sera permis de dire
qu'au point de vue de la critique il est très-intéressant de
pouvoir comparer simultanément ces quatre variations
d'un grand artiste sur le même thème — pour lui un thème
de prédilection : la forêt de Fontainebleau.

A côté des grandes interprétations de la nature fixées
par la main de Diaz, nous aimons à placer les admirables
petits tableaux de Ch. Jacque. Si l'élan en ces dernières
œuvres est moins haut, l'art n'y est pas moins puissant, ni

la main moins magistrale. C'est cette puissance d'art qui sauve la banalité de motifs qui ont tenté maintes fois les peintres de tout ordre et dans lesquels la plupart ont échoué.

Quant au Troyon de cette collection, de si petite dimension qu'il soit, nous le considérons comme l'un des meilleurs tableaux du maître. Son immense talent apparaît ici dégagé complétement des talonnières de plomb dont quelque dieu jaloux alourdissait parfois son vol.

Après ces grands noms, il en est d'autres qui sont à bien juste titre aimés du public. Tels ceux d'Alfred de Dreux, de César de Cock, de Brissot, de Lambinet, de Van Marcke, de Richet, de Veyrassat, de Vincelet.

Nous étudierons leurs œuvres une à une.

Mais nous voulons insister par un dernier mot sur les morceaux d'exception que le possesseur de cette collection avait su réunir avec un sens très-délicat des belles choses.

Par son importance, par sa grande allure, par sa coloration puissante, par le sentiment poétique qui s'en dégage, la *Source*, de Diaz, est le diamant de cette petite galerie. Dès lors, poursuivant l'image dont les termes sont empruntés à l'écrin du joaillier, — il est difficile d'en trouver de plus juste pour parler de tels peintres, — nous dirons que le *Moulin* de Troyon en est la perle.

DÉSIGNATION

ANDRIEUX

(AUGUSTE)

1 — Épisode de l'Invasion de 1815.

Un paysan français tue d'un coup de fusil un Cosaque
rouge qui vient de passer devant lui avec un de ses
compagnons. — Le mouvement du cavalier frappé à
mort, qui étend les deux bras et rejette la tête en ar-
rière d'un geste convulsif, est d'une vérité d'observation et d'une justesse d'effet extrêmement remarqua-
bles.

Aquarelle.

BRISSOT DE WARVILLE

(P.-S.)

2 — Les Anes d'Espagne.

Dans la poussière, dans l'aveuglante lumière, au flanc
de quelque aride Sierra, les bonnes bêtes cheminent de
leur petit pas continu, sûr, doux et patient, lourdement
chargées de contrebande. Je ne dis rien de l'homme
qui les conduit, un type suffisamment superbe et farou-
che. Mais tout l'intérêt du tableau est retenu par ces
jolis ânes à la physionomie si candide. Leurs robes, va-
riées du blanc au brun en passant par le gris, forment
l'accord de couleurs dominant dans le paysage dont
les grandes lignes sévères disparaissent comme noyées
dans l'intensité de la lumière.

Un des meilleurs tableaux de l'artiste.

Toile. Haut., 33 cent.; larg., 44 cent.

DECAMPS

(GABRIEL)

3 — Chiens bassets.

Tout le monde connaît les admirables études que
Decamps, l'artiste consciencieux par excellence, fai-
sait en vue de ses tableaux. A la plume, à l'aquarelle,
en quelques touches de sépia, comme ici, il fixait un
type d'animaux. Entre toutes les races de chiens,
Decamps, qui était grand amateur de chasse au fusil,
préférait le chien basset. Mais en véritable artiste, il
avait le don d'imposer à ses moindres croquis l'importance, ou tout au moins l'intérêt d'un tableau. On peut
s'en assurer ici : quelques accessoires, un tronc d'arbre,
des broussailles, un ou deux fusils, un carnier ; et voici
une composition spirituelle, légère, en même temps
qu'une étude de chiens magistrale.

Sépia.

DE COCK

(CÉSAR)

4 — Sous bois.

Un des plus fins paysages de l'artiste. Ce n'est pas
l'horreur sacrée des grandes forêts que César de Cock a
voulu rendre. Il aime les petits bois aux jeunes futaies,
pénétrées de lumière discrète, argentant le fût blanc
des trembles et des bouleaux, glissant sur la nappe en-
dormie des eaux mortes. Ici, dans la silencieuse inti-
mité, dans l'harmonie grise de ce sous-bois, deux petites
figures de fillettes ajoutent la note humaine à cette
douce impression de nature. On sent que le village
n'est pas loin.

Toile. Haut., 44 cent.; larg., 62 ent.

DIAZ DE LA PENA

(NARCISSE)

5 — La Source. — Forêt de Fontainebleau.

Ici, c'est la forêt, au contraire, notre grande forêt de Fontainebleau dans toute sa majesté. A l'ombre puissante des chênes séculaires dont les fortes branches fléchissent sous le poids des lourdes frondaisons, une source glaciale a filtré ses eaux à travers les sables et les roches. Dans la perspective qui s'enfonce à l'horizon, entre les troncs espacés des grands arbres, on suit les ondulations des terrains chargés de bruyères. Les grandes nuées blanches des ciels d'occident se modèlent dans l'azur d'une intensité de ton extraordinaire. Une figure épisodique.

Page magistrale dans l'œuvre du maître.

Panneau. Haut., 50 cent. larg., 71 cent.

DIAZ DE LA PENA

(NARCISSE)

6 — La Mare. — Forêt de Fontainebleau.

Une vaste lande dont la sèche horizontalité est coupée çà et là par les hautes silhouettes de quelques groupes d'arbres. Au pied de l'un de ces groupes, une mare, formée par les pluies d'orage accumulées, réfléchit les troncs épais et les ramures tordues, en même temps que les pâles colorations d'un ciel chargé de vapeurs grises et bleuâtres. Toute la distinction du maître se retrouverait dans la petite figure de femme qui anime le paysage et y apporte une tonalité d'une finesse exquise.

Toile. Haut., 37 cent.; larg., 52 cent.

DIAZ DE LA PENA

(NARCISSE)

7 — La Clairière. — Forêt de Fontainebleau.

C'est toujours la même forêt, mais vue et présentée chaque fois sous un aspect nouveau et toujours grand. Au ciel, de larges mouvements de nuées qui interceptent par places les rayons du soleil et projettent sur le sol de vastes bandes d'ombre. A terre, entre les blocs de grès et les bouquets de chêne, un sentier décrit sa course aux angles rompus.

Nous signalerons à l'attention des amateurs la science avec laquelle le maître a su varier la coloration des groupes de chênes épars dans la profondeur de ce beau paysage.

Toile. Haut., 41 cent.; larg., 60 cent.

DIAZ DE LA PENA

(NARCISSE)

8 — Le Soir. — Forêt de Fontainebleau,

Déjà la nuit envahit le ciel au zénith. Le soleil est couché. Les feux de l'horizon empourpré rasent la vaste plaine entrecoupée de larges flaques d'eau, qui reflètent la lumière comme de grands miroirs brisés. Des chênes (toujours des chênes ; le chêne n'est-il pas l'arbre souverain ?) arrondissent leurs dômes au centre de la composition, rompant par leurs masses perpendiculaires, les lignes basses du paysage que borne, à ses limites extrêmes, une pente de collines rocheuses.

Toile. Haut., 30 cent.; larg., 39 cent.

DREUX

(ALFRED DE)

9 — L'Entraînement.

Un jockey, en casaque de soie rose, monte un bel ale-
zan de pur sang et l'entraîne dans les allées sablon-
neuses d'un champ de courses. On aperçoit à l'horizon
les fonds bleuâtres d'un parc.

Peinture de *high life.*

Toile. Haut., 23 cent.; larg., 30 cent.

JACQUE

(CHARLES)

10 — La Basse-Cour.

Quel plus joli motif pour le génie d'un coloriste que d'éparpiller dans un cadre d'or l'écrin de couleurs joyeuses, animées, vivantes, tout le fourmillement des riches tonalités d'une basse cour ! Assurément un tel sujet ne comporte pas les dimensions d'une page d'histoire; mais que d'art, et du plus fin, Ch. Jacque a mis en œuvre dans ce panneau de quelques pouces carrés !

Panneau. Haut., 16 cent.; larg., 31 cent.

JACQUE

(CHARLES)

11 — Les Petits cochons.

Nous n'aurions qu'à répéter, à propos de ce tableau, ce que nous venons de dire au sujet du précédent, si son titre ne nous forçait à ajouter une réflexion. Ce titre est un peu réaliste en effet. Nous l'avons inscrit ici sans scrupule cependant. C'est que le « cochon » a été réhabilité dans la langue littéraire par un grand écrivain contemporain. Tous les lecteurs du *Voyage aux Pyrénées*, par H. Taine, en ont gardé le souvenir.

L'art, moins prude, n'a jamais abdiqué ses droits sur la nature vivante. Il l'eût fait, qu'en voyant aujourd'hui cette petite merveille de Jacque, on se dit que la perte eût été grande.

Panneau. Haut., 14 cent.; larg., 18 cent.

LAMBINET

(ÉMILE)

12 — Les Saules.

L'amour sincère de la nature, la fine observation de
ses aspects les plus délicats, se révèle dans ce paysage
si simple : une haie de saules projetant leurs ombres
découpées sur un coin de verte campagne ; un sentier,
quelques figurines, et c'est tout. Mais que cela est exact,
élégant, intime, d'une honnête rusticité et peint d'une
main sobre et ferme ! Le ciel est plein de lumière, d'un
ton charmant, en accord parfait (chose si rare) avec
les harmonies lumineuses du sol.

Panneau. Haut., 26 cent.; larg., 32 cent.

RICHET

(LÉON)

13 — Le Bain.

Élève de Diaz, M. Léon Richet s'est à ce point assimilé les secrètes magies du maître, qu'il faut aller à la signature de cette belle toile pour ne pas l'attribuer au maître lui-même. On y retrouve le même charme, la même poésie, le même amour de la beauté suprême, celle de la femme, encadrée dans l'ombre mystérieuse d'un paysage romantique, animé par le murmure des sources vives et des bois sacrés.

Nous nous demandons très-sincèrement si M. Diaz n'a pas touché (ou retouché) cette délicieuse figure nue de la pointe de son pinceau corrégien.

Toile. Haut., 42 cent.; larg., 29 cent.

RICHET

(LÉON)

14 — Le Cours d'eau.

Une vaste nappe d'eau traverse d'un cours tranquille
et puissant la grande et fertile campagne entre deux
rives inégalement boisées.

Belle composition.

Toile. Haut., 35 cent.; larg., 44 cent.

RICHET

(LÉON)

15 — La Maison rustique.

Elle s'abrite à l'ombre clémente, pour ainsi dire paternelle, de quelques grands arbres respectés de génération en génération par les habitants de l'humble maison. Humble au dehors, riche au dedans, c'est la maison du travail. Elle est placée au bord d'un cours d'eau traversé par un pont de planches. — La lumière joue capricieusement dans ce beau paysage avec les ombres mobiles des longs feuillages dessinant leurs méandres singuliers sur les murailles blanches de la chaumière.

Composition excellente.

Panneau. Haut., 41 cent.; larg.,60 cent,

TROYON

(CONSTANTIN)

16 — Le Moulin.

Ne reculons point devant le mot propre : ceci est tout simplement un chef-d'œuvre.

La pittoresque silhouette du moulin à vent s'élève sur un tertre élevé dont le pied baigne dans l'eau dormante d'une petite mare. Je ne sais rien de plus poétiquement agreste que ces quatre grandes ailes profilant leurs lignes d'ombre dans la lumière d'or du soleil couchant. Le ciel avec ses dégradations de tons, des plus sombres aux plus éblouissants, est une merveille de couleur. Dans cette pourpre de légers flocons de nuages accrochent des lueurs plus vives encore qui contrastent par leur intensité avec la transparence des grandes fumées rousses qui envahissent déjà tout un coin de l'espace. — A gauche, une route, un cavalier, un piéton : la vie. — OEuvre superbe.

Panneau. Haut., 21 cent.; larg., 26 cent.

VAN MARCKE

(ÉMILE)

17 — Vaches.

M. Van Marcke n'est point seulement un élève de
Troyon; comme peintre d'animaux, il est son émule.
Certes, le maître eût été fier de mettre son mono-
gramme au bas de cette puissante esquisse, peinte
d'une façon si large, si grasse, et d'un si beau mouvement.

Panneau. Haut., 24 cent.; larg., 30 cent.

VEYRASSAT

(JULES-JACQUES)

18 — La Cour d'une ferme.

En ce petit espace, l'artiste a fait tenir toute la vie de la ferme. Voici la maison d'habitation, la ménagère assise sur le seuil et travaillant à l'aiguille ; voici les granges, les hangards, les remises, les étables. Ici, le puits et le valet de labour qui tire un seau d'eau pour abreuver le cheval à peine dételé de la charrue, encore chargé de son lourd harnais. Là, les animaux domestiques s'éparpillant sur l'aire, les poules picorant dans le fumier, se glissant sous les mangeoires, cherchant les unes le soleil, les autres l'ombre.

Œuvre de sincérité et d'étonnante vérité.

Toile. Haut., 17 cent.; larg., 31 cent.

VINCELET

19 — Fleurs.

Des roses, des coquelicots, des chrysantêmes, les fleurs de culture et les fleurs rustiques harmonieusement groupées dans un vase de faïence à décor bleu ; le tout d'une facture souple, large, savante. Tel est ce tableau essentiellement décoratif.

Toile. Haut., 54 cent.; larg., 44 cent.